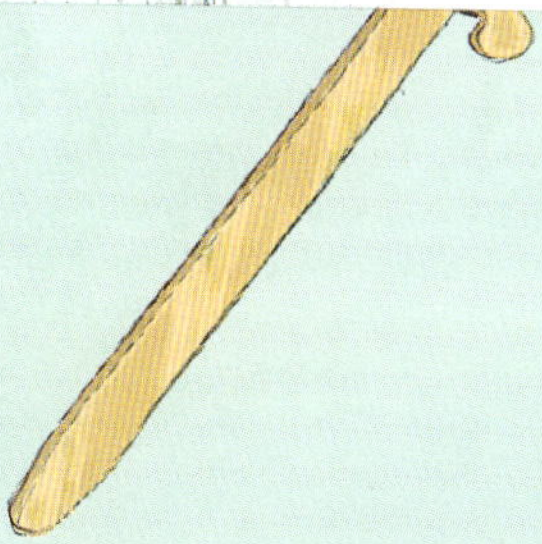

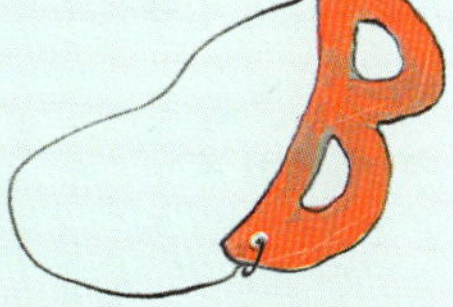

هَكَذا أَفْضَلُ!

تأليف: أسين باجاجي تانر

رسوم: آيشين دليباش أرأوغلو

ترجمة: محمد عز الدين سيف

دار جامعة حمد بن خليفة للنشر

HAMAD BIN KHALIFA UNIVERSITY PRESS

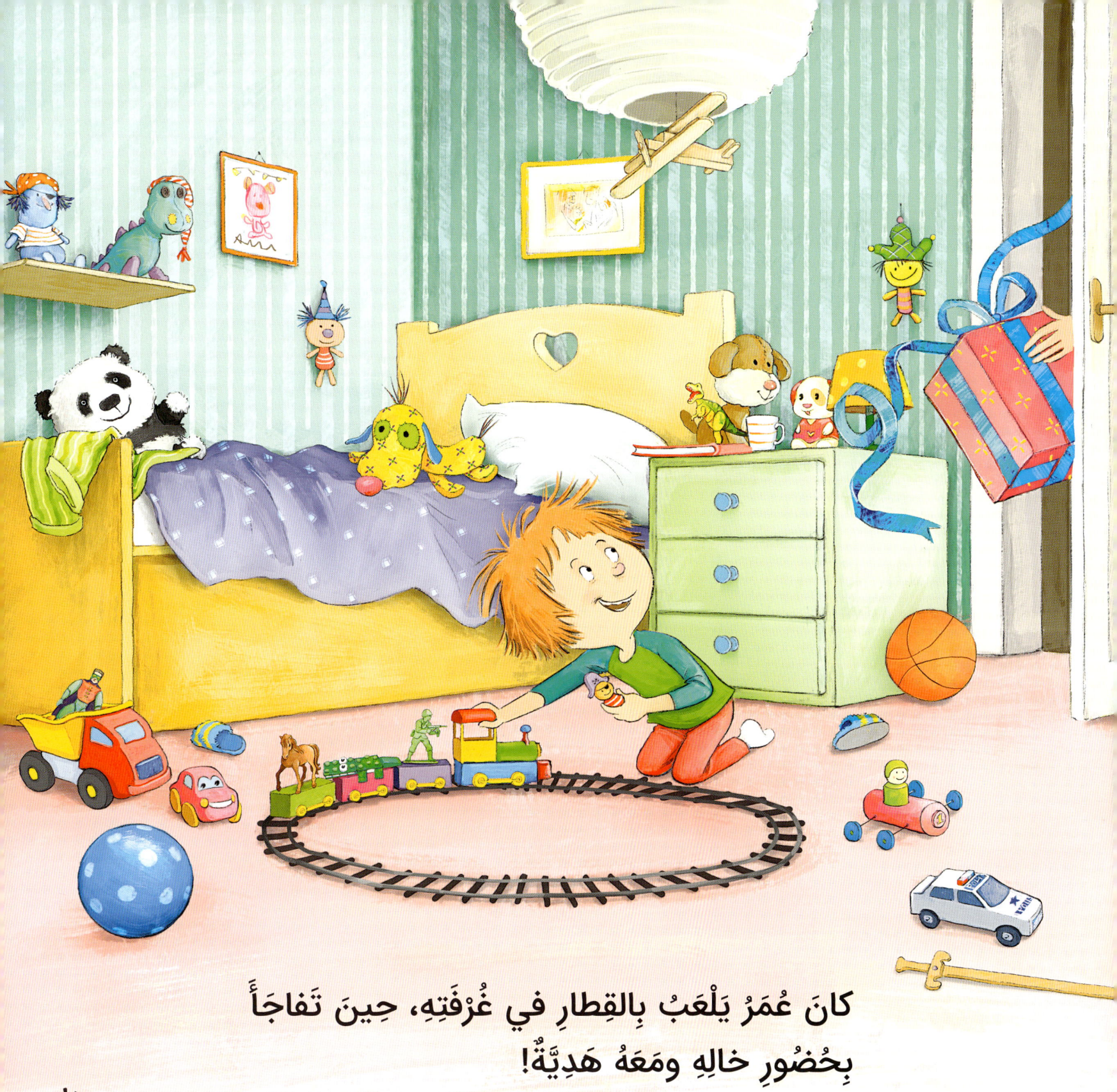

كانَ عُمَرُ يَلْعَبُ بِالقِطارِ في غُرْفَتِهِ، حِينَ تَفاجَأَ
بِحُضُورِ خالِهِ ومَعَهُ هَدِيَّةٌ!

رَكَضَ عُمَرُ نَحْوَ خالِهِ فَرِحًا، وَتَعَلَّقَ بِهِ، فَفَقَدَ الخالُ تَوازُنَهُ، وَوَقَعَا عَلى الأَرْضِ مَعًا!

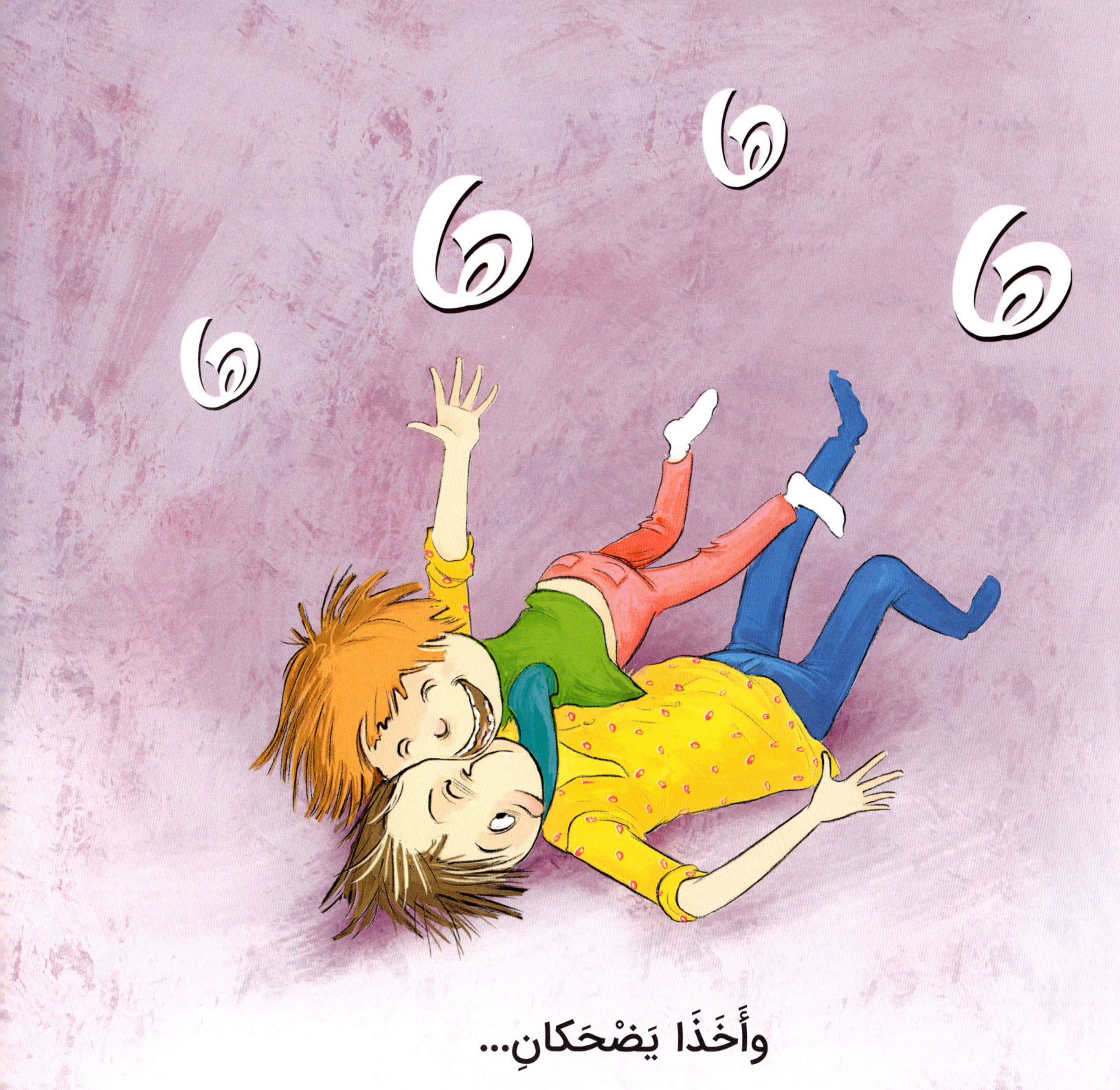

وأَخَذا يَضْحَكانِ...

فَتَحَ عُمَرُ هَدِيَّتَهُ، وأُعْجِبَ بِما رَآهُ فِيها. إِنَّها أَقْلامُ تَلْوِينٍ ودَفاتِرُ للرَّسْمِ والتَّلْوِينِ أَيْضًا.

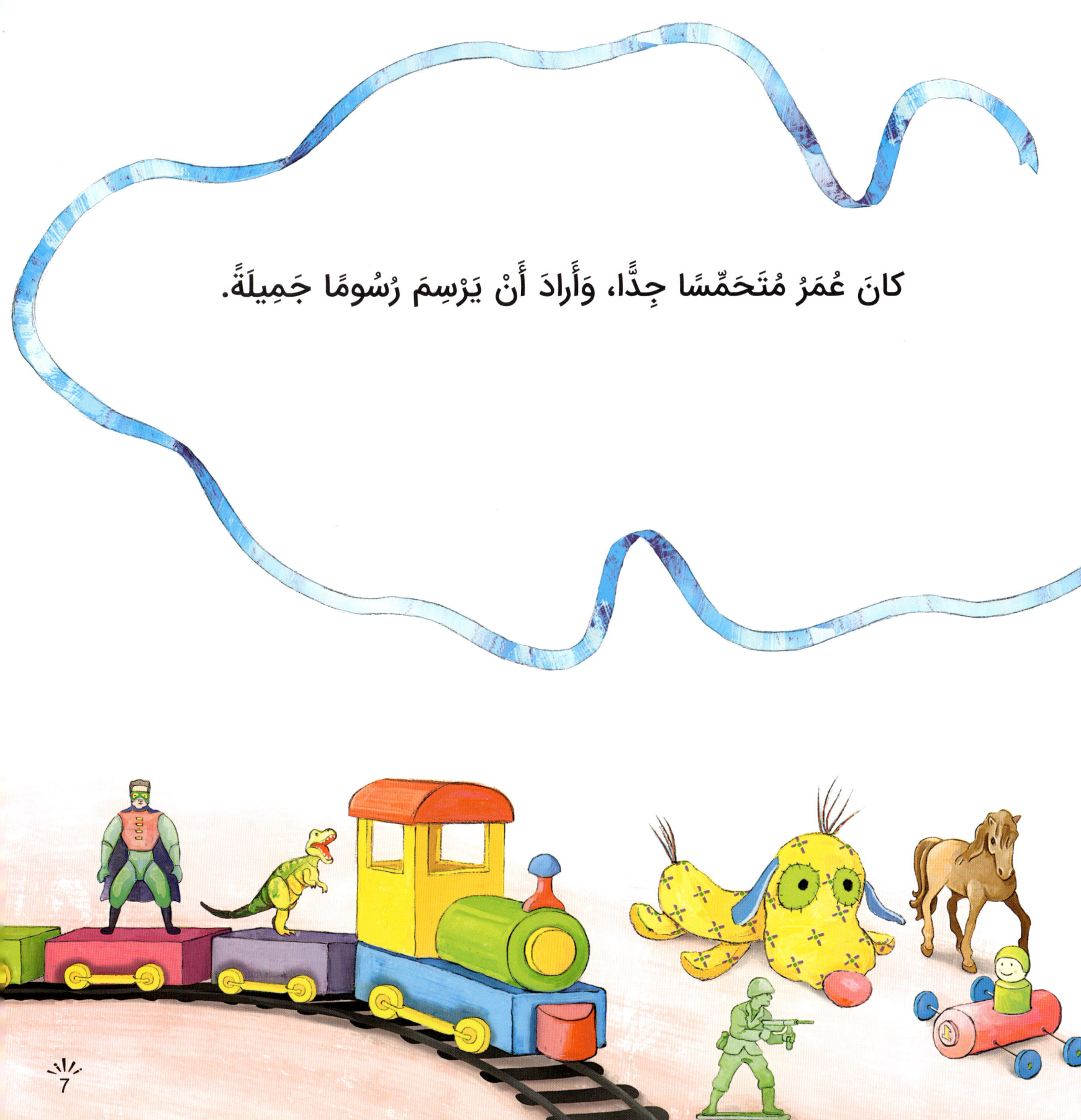

كانَ عُمَرُ مُتَحَمِّسًا جِدًّا، وَأَرادَ أَنْ يَرْسِمَ رُسُومًا جَمِيلَةً.

اخْتارَ مِنْ دَفْتَرِ الرَّسْمِ سَيَّارَةً جَمِيلَةً، وأَخَذَ
يُلَوِّنُها باللَّونِ الأَحْمَرِ، فَهُوَ لَوْنُهُ المُفَضَّلُ.

حاوَلَ عُمَرُ أَنْ يُلَوِّنَ داخِلَ خُطوطِ الرَّسْمِ فَقَطْ، فَلَمْ يَنْجَحْ.
لَكِنَّهُ حاوَلَ مِنْ جَدِيدٍ، فَلَوَّنَ عَجَلاتِ السَّيَّارَةِ باللَّوْنِ الأَحْمَرِ!
اسْتاءَ عُمَرُ مِنْ ذَلِكَ وَتَرَكَ القَلَمَ.

نَظَرَ عُمَرُ إِلى خالِهِ الذِي كانَ
يُراقِبُهُ، وقَالَ لَهُ:
«لا أَسْتَطِيعُ أَنْ أُلَوِّنَ!»
فَقالَ لَهُ خالُهُ: «بَلْ تَسْتَطِيعُ،
حاوِلْ مِنْ جَدِيدٍ».

لا أَسْتَطيعُ

حاوَلَ عُمَرُ التَّلْوِينَ مُجَدَّدًا، لَكِنَّهُ لَوَّنَ زُجاجَ السَّيّارَةِ باللَّوْنِ الأَحْمَرِ!

شَعَرَ عُمَرُ بِالمَلَلِ، لِأَنَّهُ لَمْ يُلَوِّنِ الجُزْءَ الصَّحِيحَ مِنَ الرَّسْمِ.
وقالَ: «لا أَسْتَطِيعُ، لا أَسْتَطِيعُ! هَلْ تُلَوِّنُ أَنْتَ يا خالِي؟»

أَمْسَكَ الخالُ بِقَلَمِ التَّلْوِينِ، ولَوَّنَ السَّيَّارَةَ بِإِتْقانٍ، وعَلَّمَ عُمَرَ كَيْفَ يُلَوِّنُ أَيْضًا.

ظَنَّ عُمَرُ أَنَّهُ لَنْ يَسْتَطِيعَ التَّلْوِينَ مِثْلَ خالِهِ، فَأَغْلَقَ الدَّفْتَرَ، وقالَ لخالِهِ:
«هَيَّا بِنا نَلْعَبْ لُعْبَةً أُخْرَى».

وَلَمْ يَسْتَعْمِلْ عُمَرُ الأَلْوانَ في ذَلِكَ اليَوْمِ، وظَلَّ يَلْعَبُ مَعَ خالِهِ حَتَّى المَسَاءِ.

وقَبْلَ أَنْ يَنامَ، نَظَرَ عُمَرُ بِحُزْنٍ إِلى أَقْلامِ التَّلْوينِ، ثُمَّ وَضَعَها كُلَّها في عُلْبَةِ الهَدِيَّةِ.

في صَباحِ اليَوْمِ التّالي، سَمِعَ عُمَرُ صَوْتَ
مُوسِيقًى صاخِبَةٍ. ظَنَّ أَنَّ أُخْتَهُ تَسْتَمِعُ إِلى
المُوسِيقَى! فَرَكَضَ نَحْوَ غُرْفَةِ الجُلُوسِ.

كانَتْ أُخْتُهُ تُؤَدِّي حَرَكاتٍ
مُخْتَلِفَةً أَمامَ التِّلْفازِ. فَسَأَلَها
عُمَرُ: «ماذا تَفْعَلِينَ؟»

صاحَتْ أُخْتُهُ مَسْرُورَةً:
«أُقَلِّدُ حَرَكاتِ المُدَرِّبِ الرِّياضِيِّ في التِّلْفازِ».
حَوَّلَ عُمَرُ ناظِرَيْهِ بَيْنَ التِّلْفازِ وأُخْتِهِ.

وقالَ لَها: «لَكِنَّكِ لا تَفْعَلِينَ مِثْلَهُ...».
ضَحِكَتْ أُخْتُهُ، وقالَتْ: «أَعْرِفُ، ولَكِنَّنِي أَسْتَمْتِعُ كَثِيرًا بِالمُحاوَلَةِ».
لَمْ يَفْهَمْ عُمَرُ مَعْنَى ذَلِكَ!

احْتَجَّ عُمَرُ مُجَدَّدًا، وقالَ: «لَكِنَّكِ لا تَفْعَلِينَ مِثْلَما يَفْعَلُ».

قالَتْ أُخْتُهُ: «قَدْ لا يَكُونُ أَدائي شَبِيهًا بِأَدائِهِ، لَكِنْ هَكَذا أَفْضَلُ!»

كانَتْ أُمُّ عُمَرَ تُعِدُّ الكَعْكَ في المَطْبَخِ، وتَتَّبِعُ طَرِيقَةَ التَّحْضِيرِ المَكْتُوبَةَ في الجَرِيدَةِ.
فَسَأَلَها عُمَرُ: «مَتَى يَكُونُ الكَعْكُ جاهِزًا يا أُمِّي؟»
فَأَجابَتْهُ: «بَعْدَ قَلِيلٍ، سَأَجْعَلُ القِطَعَ أَقْراصًا قَبْلَ خَبْزِها في الفُرْنِ. وسَيَنْضُجُ الكَعْكُ بِسُرْعَةٍ».

نَظَرَ عُمَرُ إِلى الكَعْكِ الذِي أَعَدَّتْهُ أُمُّهُ.
كانَ شَكْلُهُ مُخْتَلِفًا عَنِ الكَعْكِ الذِي في الجَرِيدَةِ.

وقالَ: «الكَعْكُ الذِي صَنَعْتِهِ يا أُمِّي مُسَطَّحٌ ولَيْسَ مُقَوَّسًا. وأَنْتِ لَمْ تُزَيِّنِيهِ بالجَوْزِ بَلْ زَيَّنْتِهِ بالزَّبِيبِ».

رَدَّتِ الأُمُّ قائِلَةً: «إِنَّها المَرَّةُ الأُولى التي أُعِدُّ فيها الكَعْكَ. وزَيَّنْتُهُ بالزَّبِيبِ بَدَلَ الجَوْزِ.

أَظُنُّه **هَكَذا أَفْضَلَ!**»

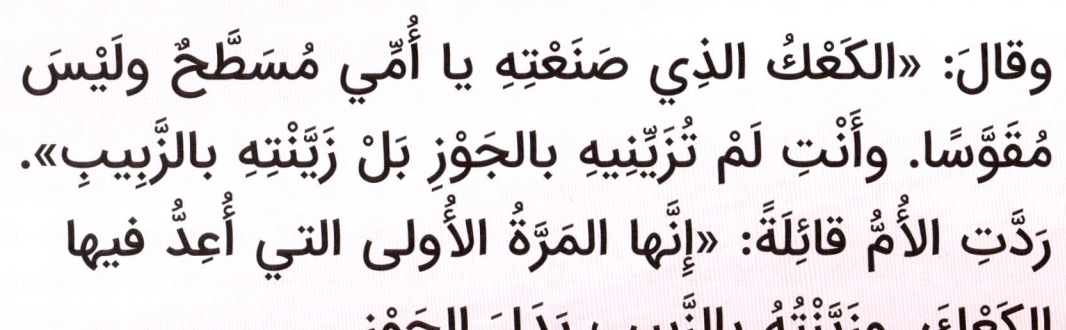

وبَيْنَما كانَ عُمَرُ يَتَّجِهُ إِلى غُرْفَتِهِ، ناداهُ والِدُهُ.
وقالَ لَهُ: «اقْتَرِبْ يا عُمَرُ؟ هَلْ تَبْدُو لَكَ الطَّائِرَةُ الوَرَقِيَّةُ مِثْلَما تُرِيدُها؟

أَظُنُّ أَنَّ شَرائِطَها مُناسِبَةٌ. وأَنا أَراها جَمِيلَةً بِالفِعْلِ، أَلَيْسَ كَذَلِكَ؟ لَكِنْ إذا لَمْ تُعْجِبْكَ، فَسَنَصْنَعُ غَيْرَها».

فَهِمَ عُمَرُ ما يَنْبَغِي عَلَيْهِ أَنْ يَفْعَلَ، فَقَبَّلَ والِدَهُ.
وقالَ: «تَبْدُو رائِعَةً يا أَبِي، شُكْرًا لَكَ».
ثُمَّ رَكَضَ إلى غُرْفَتِهِ.

أَحْضَرَ عُمَرُ دَفْتَرَ الرَّسْمِ وأَقْلامَ التَّلْوِينِ،
وبَدَأَ يَرْسِمُ رَسْمًا مِنْ مُخَيِّلَتِهِ عَلى صَفْحَةٍ بَيْضاءَ.
فَكانَ ذلِكَ رَسْمَهُ الخاصَّ، يُعَبِّرُ بِهِ عَمَّا يُرِيدُ!

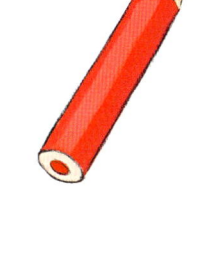
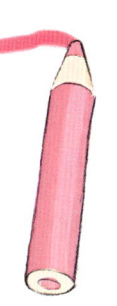

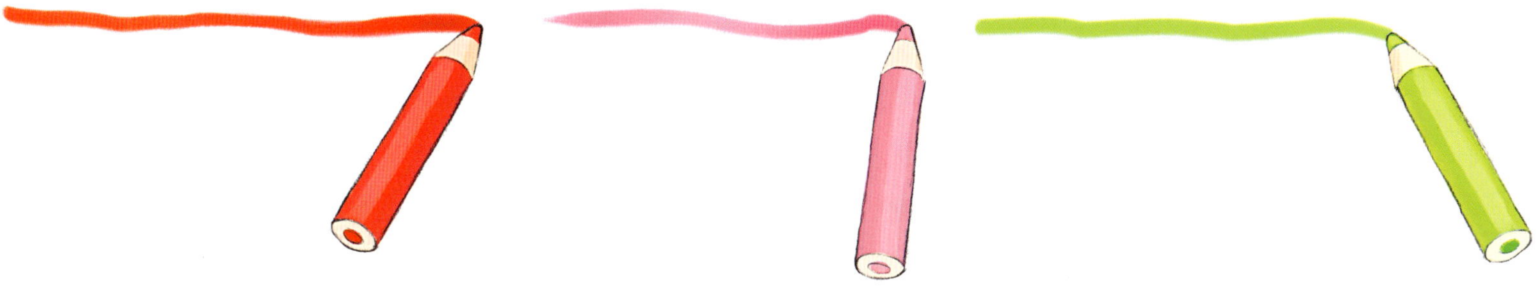

وفي المَساءِ، حَضَرَ خالُ عُمَرَ مائِدَةَ العَشاءِ. كانَ عُمَرُ مُتَحَمِّسًا، وقالَ لِخالِهِ: «انْظُرْ يا خالي ماذا رَسَمْتُ! أَنا وأَنْتَ في الغابَةِ، نَلْعَبُ مَعًا كالمُعْتادِ. وها هيَ الشَّمْسُ تَبْتَسِمُ لَنا».

أُعْجِبَ خالُهُ بِالرَّسْمِ، وقالَ:

«اسْتِخْدامُكَ لِلأَلْوانِ رائِعٌ. ورَسْمُكَ يَبْعَثُ عَلى السُّرُورِ».

ابْتَسَمَ عُمَرُ، وقالَ:

أُلَوِّنُ بِحُرِّيَّةٍ ولا أَتَقَيَّدُ بالخُطوطِ. الرَّسْمُ مُمْتِعٌ لِلغايَةِ!

«الرَّسْمُ هَكَذا أَفْضَلُ!»